KB071834

청어詩人選 247

허상회 시집

천국보다 문향

청어

시인의 말

고상하고 격조 높은 시조 한 수를 위하여!

보이는 것은 보이지 않는 것에 닿아 있고

들리는 것은 들리지 않는 것에 닿아 있고

생각나는 것은 생각나지 않는 것에 닿아 있는

소중한 내 인생의 시심으로 이 밤을 수놓아 가고 싶은 마음으로
시조 한 편 한 편, 정갈하고 아름답게 써 가고픈
소박한 소망 하나에 졸졸 매달리며 정진해 가겠습니다.

2020 초여름
青鶴 허상회

차례

1부 / 꽃길에서

2부 / 자연별곡 사랑

3부 / 환경의 실로폰 소리

4부 / 삶의 여정

5부 / 발걸음 마다

1부

꽃길에서

이삼십 나이 때
이런저런 고민과 하는 일
힘들다 지만
그래도 지나고 보면
그 시절이 꽃청춘

호박꽃

시원스런 오각형 얼굴
넉넉하여 어쩌면 안쓰러운 모습
하늘에서 떨어져 순금 빛으로
피어난 한 송이 꽃

밤이 되면
제 얼굴을 가리고 없는 듯
납작하게 엎드렸다가
날이 새면 햇살을 받아
힘차게 또 피어오른다

새벽에 일어나면
온종일 발등에 불난 듯이
머리칼 치맛자락 숨 가쁘게
바람처럼 펄럭이고

자식위해 가족위해
고단한 하루를 보내시다가

깊은 밤이 되면 짚불처럼 주무시는
내 어머니 모습 같은 꽃이여!

어떤 억새꽃

단풍에 물젖기도 전에
겨울 먼빛이 다가오고

잎새에 고한 이별에
물든 가지마다
아쉬운 손짓이다

청명한 가을하늘 아래
무모하게 달려오는
자동차의 행렬에 놀란 가을날
흰 구름 떼 산을 넘어오고

억새꽃 유난히 반짝이는
가을 산등성이
새로이 불붙는 저 단풍
노을보다도 뜨겁다

추억을 밟고 가는 저녁 답
노부부의 가슴자락도
노랗게 물들여간다

꽃자리

이삼십 나이 때
이런저런 고민과 하는 일
힘들다지만
그래도 지나고 보면
그 시절이 꽃청춘

하늘은 우리 인간에게
꼭 숙제 하나쯤 내주는 것 같은
그 과정을 겪어 가는 인생은
더욱 더 성숙해져 가는 삶이다

노년에 이른 나이에 살면
모르고 가볍게 스쳐온 청춘시절
그때 풋풋했던 그 시절

그 청춘 때가
꽃 시절 꽃자리 같아라

해바라기 꽃

내 마음 향하는 곳 어디에 있는지
내 마음의 생김새 어떻게 생겼는지
너에게
물어보면
알 수 있을까?
햇살 따라
미소 짓는 너에게

가을바람에 세안하고
씩 웃으며 사는 너에게
서민들 근심거리 해결책 물어봐도
미소로 묵언으로 보여줘
네 맘 도대체 알 수는 없어

왕 벚꽃

불의로 지는 꽃은
송이채로 꺾이어 내리지만

자연의 순리 따라 이사 가는
저 꽃들은 꽃비로 살포시
내려앉는 어느 봄날!

저 하늘도
축복하듯이 화창한 조명 같은
배경 하나 열어주는 오후

벚꽃은 왕 눈꽃처럼
하늘가에 풍경화 그려놓네

꽃 같이

손에는 나누는 사랑을 잡고
발에는 미래의 건강을 담고
얼굴에는 미소를 가득히 하는 삶

가슴에는 좋은 생각을 품고 살며
들꽃이 피어 가는 이 봄날

멋진 인생을 이어가는
참사랑 행복이여!

갈뫼산* 진달래 꽃

당신의 얼굴
비 올 때는
못 보았네

바람 부는 날에는
얼굴 흔들려 당신인 줄도
몰랐다네

봄 햇살 따스하게
피어나는 날
사방팔방 당신 향기
가득하여 좋아라

*갈뫼산: 마산역 뒤편 석전동에 소재한 나지막한 야산

호박 꽃 하나

홍등을 켜놓은 여인의 입술을 닮은
저 붉고 요염한 꽃 한 송이
오늘 아침에 내 발길을 미소로 부르네

해가 뜨면 입 벌려
사랑을 찾듯 하소연 하다가도
노을이 지면 기죽은 듯
제 얼굴을 숙여
자기모습 재빨리 감추어 버리는
센스쟁이 여인 같네

이 밤도 새날을 기다리며
결혼생활에 실패한
한 여인의 모습을 닮은
애잔한 꽃이여!

개나리 꽃

저 꽃의 잎사귀들
오늘도 입 벌려
방긋이 웃으며 새봄을 부른다

숲 속에 종달새들이
재잘재잘 놀러 내려와

노래를 불러주며 입 맞추고
사랑해준 까닭에 피어났나 보다

귀여운 부리로 연신
행복을 전해 주었던 영향 때문에
새봄에 화사하게 피어난 꽃

백일홍

칠팔월 한 여름이 지나기 전
너에게 물어 본다
긴 세월의 화려함은 어떻게 사는 것인가
자연에 순응하며 고통을 참으라네

뜨거운 사랑을 간직하며
그리움을 키워가는 방법
꽃에게 물어 본다

이말 저말 잡다하게 듣지 말고
산뜻하고 뚜렷한 꽃 한 송이
참 인연을 만나라네

백일간만 화려하게 주어진 삶 앞에
어떤 모습으로 임해야 하는 지는
충실한 소임을 다하는 그 인생이

붉게 핀 수많은 자손처럼
오래 오래 아름다운 꽃이여!

진달래 꽃 지는 늦 사월

그대 얼굴이 사위어 가는 건
사랑의 스케줄로
압력을 넣어서 생긴 일이다

꽃이 진다고 서러워 할 필요가 있나
새 봄이 찾아오면 또다시
화려한 모습으로 산뜻한 명함을
내밀 것이 아니었던가

누군들 지난 한 때는
꽃피는 봄날이
아니었던 시절이 있었던가

정상으로 다 오르면
낮은 곳으로 고개를 숙이고
숙제하듯 지나온 과정으로
발길을 돌려야만 하는
인생의 여정인 것을

2부

자연별곡 사랑

자연이 그리고
긴 세월이 다듬어 낸 길

그 길에 세월이 흐르고
건강도 끊임없이 스르르 날으며
우리들 인생도 거닐어간다

기해년 해돋이
−콰이강 다리

두 눈이 번쩍 뜨인다
천지개벽 같이 바다 위에
뜨겁게 용솟음쳐 오르네

전율이 전해오는 이 가슴
기해년의 시작의 붉은 기운

후끈후끈한 세계인의
화롯불 같은
인류의 크나큰 조명이여!

고종시 곶감

제 몸이 삭삭 깎이는
고통의 강 건너서
원치 않게 높다란 새끼줄에 올라 앉아
다이어트 후 온몸엔 분칠도 하여
주인님
입에 달디 단
최고의 간식으로 보답도 하네

쪽바른* 인생

비바람에 흔들리고
소낙비에 젖어 살아온
지천명의 내 인생

떠나간 고운님도
가슴 아픈 지난 삶

눈비 오는
가는 세월 앞에
힘겨워 사는 것을

꿈도 사랑도
모두가 내 앞에서 있는 삶

이제부터는 뛰어가고 달려 가야해
앞만 보고 힘차게 갈 거야

성공을 향해
행복을 향해
무조건 바른길로
달려가야 돼

인생은 쪽바로…

*쪽바른: '똑바른'의 경상도 사투리

가을 하늘

여름이 살며시 꼬리를 내리고
가을이 살랑살랑 입질을 하고 있습니다

아, 드디어 가을이구나

뜨거운 햇살이 이사 간 가을하늘에
그립던 얼굴이 그려집니다

가슴속 깊숙한 곳에 그리운 얼굴
한 분이 가장자리를 차지하고 있습니다

저 자신을 세상 속에 부여해 주시고
홀연히 하늘로 이사 가신 어머니
따스한 손길이 아른아른 사랑을 부르고

어느덧 내 눈도 스르르 젖어들고
충혈된 우물이 됩니다

부모님이 농사 짓던 황금들판의
논밭에서 오곡백과로 수확하는
기쁨에 빠져드는 날에는…

복숭아 과수원

해마다 춘 사월이 되면
봄바람에 살며시 몸을 맡긴
복사꽃잎 하나 둘

실개천 위에 점점이
우표를 붙이는
햇살좋은 날이 온다

나도 몰래
청소년 시절 속가슴에
그리움 품어본 그녀에게 쓴

애틋한 그 사연 담은 편지 한 통
띄워보고 싶은 날!

내 가슴이 뜨겁게 뛴다

가로수

늦가을이 다가오면 거리의
가로수 길에
노오란 은행잎들이 수북이
마지막 이사 가며 옷을 벗는다

일생의 역할을 다한 몸
노랗게 보도블록 길을 치장하며
오고가는 왕래객의 입가에 슬며시
미소를 머물게 하네

가을바람 날려 보내는
저 은행잎 한국은행에서
일 년에 단 한 차례
서민들에게 보내주는
현금 보너스였다면
그 얼마나 좋을까

팔용산 돌탑

당신은 저만치 서있고
나는 여기에 앉아있는데

얼굴을 단 한 번 보지 못한
산 아래 다리 약한 사람들

기도소리 그 누구가
묵묵히 들어나주나

세속에
아름다운 손
합장해 기도하네

조약돌

이름 모를 산에서 태어나
굽이굽이 세월을 감고 돌아
곱게도 광채가 나는 얼굴이네

낮에는 물빛으로
밤에는 달빛으로
바람 따라 세월이 흐르고

사랑을 노래하듯이
때그락 달그락 그리며
내 발길을 부르네

친구끼리 소꿉놀이에
빠져 노는 너희는
내 모습을 꼭 닮은
몽실한 조약돌 하나

산 속을 걸어가면

꼬불꼬불 산길을 걸어가면
정겨움이 먼저 다가온다

발길이 닿을 때마다
포근하고 안락한 세상으로

숲속을 지날 때마다 어머니의
품속을 사뿐히 지나가는 기분이다

자연이 그리고
긴 세월이 다듬어 낸 길

그 길에 세월이 흐르고
건강도 끊임없이 스르르 날으며
우리들 인생도 거닐어간다

덕천강*

산음골
새벽을 열던
장엄한
대원사 종소리

내 천자 물길 따라
세월을 안고 가며

순박한
산골 사람들
애환마저 저 멀리로
실어가고 있네

*덕천강: 경남 산청군 시천면에 소재한 강

팔용산 해돋이

아침햇살 가득히
잔잔하게 푸르른 저 바다
저기, 지평선 끝에…

지난 밤 어느 어부가 들다가
놓아둔 횃불 하나!

첫 새벽에도 붉게 붉게
활활 타오르고 있나?

갈뫼산 가을 하늘

구름은 앞산 위에 피어올라
천상의 백가지 그림을 그려놓고

둥근 달은 중천에
두둥실 홀로 떠올라

천국의 등불을 켜며
봉사활동 하고 있네

대봉 감 홍시

생각이 난다 생각이 난다
고향이 눈앞에 아른 아른거리네

내 어릴 적 친구들 손잡고
고향마을 뒤 동산에 뛰놀다
따 먹던 감 홍시 하나 둘

허기도 단숨에 맛나게 채워주던 먹거리
자연이 아낌없이 달아주던
주황색 과일 주렁주렁
동심의 모든 걸 채워줬던 감 홍시

내 눈가에 아른거리는 옛 시절이
그립고 그리운 구촌리 모습이여!

연애편지

밤을 새워 썼다가 찢어버리고
찢었다가 또 다시
써보는 그 시간

눈물이 앞을 가려
무엇을 어떻게 적어야 할지 몰라

두 눈을 지그시 감아보면
애타는 사연보다 먼저 떠오르는
그대의 그리운 얼굴 하나!

사랑의 마음

서로를 마주보는
그 눈빛으로부터 시작되는 사랑입니다

이 힘든 세상에 당신을 포근히 안아줄 때
힘이 나서 이겨내는 인생의 재미에
사랑하는 작은 마음도 키워집니다

가을 하늘도 흰 구름에 너울너울 춤을 추며
흘러가듯 사랑을 하며 갑니다

그 아래 시원한 파도소리
담 밑의 이름 모를 꽃잎들은
사랑으로 나타나는 현상입니다

온 세상이 너무 좋아
너나없이 얼싸안고 즐겁게
사랑하며 사는 세상은
꽃마을의 행복입니다

눈 빛 사랑

시골마을 밤하늘 아래
고요한 한 소녀의 눈동자를 바라보다
혈기 찬 사나이는 사랑을 느낀다

작은 감동에도 곧잘 눈물에
젖어드는 그녀의 눈
산다는 것의 모든 환희와 고달픔을
안고 사는 그녀의 눈동자
밤하늘에 별빛을 닮은 보석이다

두 눈에 깊숙이 막힌 아름다운
아가씨의 풋풋한 생기와 청초한 매력은
신이 빚어 논 예술작품이다

반백의 나이에도
반짝이는 눈빛에서
희망을 만나 세상사는
기를 받고 미래를 바라본다

3부

환경의 실로폰 소리

중년되어 고향 산 돌아와
먹거리 농사짓고 산에서 살아보니
성공도 명예도
지나보니 별거 아닌데

보름달

저기, 우주로 나가는 동그란 문 하나여!

활짝 여는데 보름 동안 걸리고
다시 또
얼었던 그 원형 문 닫는데도
보름날이 걸리는

우주, 그 얼마나 크기에?

하늘 정원

들꽃 핀 산언덕에 서서 보았습니다

사람들의 정원은 가정집에다 꾸며놓았고
하늘의 정원은 야생화핀 들녘과 온 산하에
잘 꾸며 놓은 것을

야생화 꽃향기는 하늘의 향기인 것
하늘의 시선과 땅의 시선은 시각적 차이

세상의 공간에 서서 보면 대자연의
심오함 지금, 뇌리에 이사를 들어옵니다

돌 섬의 여름 바다

한 더위도 마다않고
쉼 없이 출렁거리며
살아가는 너의 모습 여기 있네

잉크방울 풀어 논
청잣빛보다 더 오묘한
여름 바다 속에는
어제, 오늘의 나의 삶
오롯이 지켜보는 돌 섬이 앉아 있고

나는 바위 너는 파도
목이 메여 찾아온
하얀 눈물이 나를 식힌다

파도소리에 가는 세월 잊은 듯
나도 앉아 한 더위를 식히며
긴 명상에 빠져보네

하늘마음

오월 중순에
설악산도 지리산도 때 아닌
눈이 내려 산사람을
어리둥절케 한다

오뉴월 서리 치듯
세상을 향한 모진 매질에
환호하다 산을 부르다
발목 곱친 사람들
투덜댄다

계절도 때도 아닌데
천둥번개 데리고 비 내리다가
눈 내려
새하얗게 산을 덮는다

세상을 때리면서 하늘마음으로 살라고 한다

가을 백양사

천년 사찰 백양사가 들어앉은
금선계곡 일대에
지난 춘삼월에 아기자기한
작은 연잎을 피웠다

뜨거운 칠팔월에는
한 더위를 맨 얼굴로 살아온
너의 민낯
자주 자주 보아왔는데

자연의 순리에 젖고 젖어
곱게도 화장을 한 어여쁜 얼굴에
이 가을 꽃불이 타는 듯하다
어느새 곱디 고운 너의 모습을
백양사 쌍계루에 얼굴을 먼저 담그는가

늦가을 내장산의 단풍여행
열한 가지 단풍나무는
매일 매일 쌍계루 연못가에
색동옷 훌훌 벗어 놓아 연못에 꽃잎으로
꽃 도배를 해 놓아 그림 같다

백암산이 병풍을 둘러치고
오늘도 등반객들을 불러들인다

숲속의 새
-덕유산 휴가지에서

단잠을 자다가
숲속에 새들이 지저귀는
노래 소리에 나도 모르게
아침에 뒷동산을 오른다

숲속의 새들과
대화를 나눈다는 건
더 없이 황홀한 체험

어젯밤 꿈속에서
만나본 듯이
내 품으로 날아든다

나를 숲으로
초대한 참새 한 마리

자연 살이

도랑 치고 물고기 가재 잡던 나의 친구야
꿈을 찾아 사랑을 찾아 도시로 걸어가서
헤맸던 고향 동무들 지금쯤 어디에서 무얼 하느냐

중년되어 고향 산 돌아와
먹거리 농사짓고 산에서 살아보니
성공도 명예도
지나보니 별거 아닌데

사람이 살면서 병 없고 건강한 몸에
마음 편히 살아가면 인생은 최고의
행복이자 힐링 되는 즐거움 삶 아니겠나!

정자나무
-오지의 여름

누구나 쉬어가라고 널다란
어깨를 펼치고 있다
지나는 사람 거친 호흡 나를 주고
내 청결한 살결 냄새
맡고 가라말을 건네네

커다랗게 푸르른 우산 같은 모습하고
한산한 시골마을 입구에 서서
오는 손님 인사하고 가는 손님 배웅을 하네

칠팔월 폭염의 한 더위에도 너무 덥다
너무 힘들다는
하소연 한마디 없어도

수많은 나이처럼! 큰 어른처럼!
오늘 같은 한 더위 날에도…

겨울동산

갈뫼산 입구에 꽁꽁 언 산수도 꼭지가
한 겨울이 왔음을 보여주고 있네요

한 달 전 가을까지도 수많은 동네 등반객들
산길 반질반질해지도록 하던 그 발길도

산 기온이 급강하해 오르는 사람도
몇 없는 오전 시간이 떨고 있네요

나무들도 등반인도 오들오들
한 겨울과 양보 없는
지금, 한 판 시름 중에 있네요

지리산 뱀사골

어디선가 오란다
나를 부른다
마음만 오란다

모든 것 다 내려놓고 빈손에
하심 하듯 오묘하게 펼쳐진
대자연의 풍광 속

그 널따란 품으로
두 팔 벌려 손짓하는
민족의 명산

지리산 골짜기 기암괴석들
기묘하게 모여 사는 이 계곡

여기가 바로 세상의 무릉도원
힐링하는 내 삶의 명산이여!

산 속을 걸어가면

꼬불꼬불 산길을 걸어가면
정겨움이 먼저 다가온다

발길이 닿을 때마다
포근하고 안락한 세상으로

숲속을 지날 때마다 어머니의
품속을 사뿐히 지나가는 기분이다

자연이 그리고
긴 세월이 다듬어 낸 길

그 길에 세월이 흐르고
건강도 끊임없이 스르르 날으며
우리들 인생도 거닐어간다

등산길

산을 좋아하면
사람도 산이 된다

산길을 걸어가면
내 몸은 자꾸만 작아지고
가슴은 포근해지고
정갈해져 간다

산 공기를 마시며 걷다보면
발바닥은 고달파도
온몸이 개운하여
춤을 추듯이 날아간다

인생의 길에서 일상을 벗어나
산길을 상쾌하게 걷노라면
발아래의 갓 피어난 진달래꽃 만나듯
이른 아침에 햇살처럼
행복이 따사로이 다가온다

저녁 답

햇살이 묶어둘 틈도 없이
어느새 가버린 하루 해
날아가는 회색바람이
무거운 허공

우수에 젖는 저녁 답
가지 끝에 매달려 시달리다

아득한 그리움
어스름 유난히 반짝이는
꽃잎 물든 편지
떠있는 흰 구름
한 장

순천만 정원

억만년 긴 세월 대자연의 이치 따라
하늘이 제조해 낸 순천만 정원
바닷게 한 마리, 발가락을 간질여
갈대꽃에 미소를 피워 놓는다

따가운 갈대밭 땡볕은
울음을 삼키다가 지쳐
잠이 드는 그대의 모습 같아
실눈으로 낮달을 바라보면
고소한 추억, 한 방울
갈대 밭 물길 넘어 흘러간다

흔들리는 갈대들로 집성촌 만들어
수많은 세찬 비바람, 견디어 내고
짱뚱어 바닷게도 구별 않는다

어머니의 품속 같은 포근함으로
더 넓게, 치마폭에 감싸 안고
조용히 엎드려 살아가는 순천만
해거름에는 장궁을 스스로 열고
저 멀리 달을 하나
바다 위로 토해 올린다

늦가을 소묘

하루를 시작하는 사람들
바람을 열고 하루의 계단을 오른다

가로수는 밤을 견디기에
지쳤는지 여태 떨고 있고
사람들은 얼음 같은 두 손을
호주머니에 구겨 넣는다

서릿발을 맞받으며 하루를 나서는
손수레를 끌고 가는 할아버지의
목덜미에 하얀 머리카락이 흩날린다

파지 줍는 할머니의 나약한 무릎도
가을바람 앞에 안쓰럽게 흔들린다

안전모에 야광조끼 미화원 아저씨
아침거리를 쓸며 쓸며

빌딩 숲을 무사히 건너오는
옥색 빛 하늘 바람이
답답한 이 가슴을 뚫어줄 날을
하늘처럼 믿어보는 하루

한 발 두 발 세월을 걸어 오르다가
고통스런 관절의 나이를 밟고 밟아
오늘도 헐떡이며 비틀 비틀 올라간다

희망을 사는 사람들

토요일 오후 복권방에는
오늘도 로또 한 방을 갈망하는
사람들이 바글바글하다

딩동 딩동, 딩동 딩동
출입문도 숨이 가쁘다
이 씨는 자동 일 만원
김 씨는 자동 이 만원 치

쌈지 돈을 내며 주문을 하고
주인은 금액을 확인하며
복권용지 뽑아주기에 두 손은
잠시도 쉴 틈 없이 리듬을 타고 있다

하늘은 과연 누구에게 크나큰 행운을 내려줄지
혹시나 내 손에 쥐어주면 더 좋은 날인데
마음이 조마조마한 저녁 8시
추첨발표 시간, 간절함이 두 손에 전해온다

비에 젖고 고통에 눌려 살아온
서민의 나날을 저 하늘이
언제 한 번, 인생역전
시켜줄 수 있을까

큰 복을 염원하는 대박의 희망
두 눈에 조롱조롱 매달려 들어온다

내일부턴 고생 끝에 행복을 시작할
기대에 찬 부풀은 가슴을 안고…

가을 편지

우수에 젖어 시달리는
나뭇가지 끝에
매달리는 하루의 품삯

그 공복의 무게는 노을이
태워 올리는 연서다

떠 있는 하늘 밖의
그리움
아무도 막을 수가 없어
누구도 붙들어둘 수 없었다

어스름 바람 타고 훌쩍
떠나버리는 저녁 답
무겁게 깔리는
허공

어느 꽃잎에 물든
가을구름 한 장

4부

삶의 여정

사랑하는 마음도 살아간다는 일도
시시 때때로 변하여 돌아간다는 걸

머리엔 새치가 나고 안질도 침침해 올 때
비로소 조금씩 보여 지는 인생길이네

미니 슈퍼에서

작은 슈퍼에 들어서는
덥수룩한 낯빛의
오십대 아저씨 하시는 말

여기 손수건도 파는교
아니예
행주는 팝니다

그럼, 그거라도 한 장 주이소

항상 되는대로 닥치는 대로
무디게 살아가는
서민들의 일상을…

또 만나는 현장이다
거울 보는 듯이…

보험여왕의 하소연

나는 올해로 63세
신문에 난 보험사원이다

나이가 나이다 보니
나더러 언제
은퇴할 것인지
묻는 사람들이 많다고…
노老 보험여사원이
독백하듯 하소연을 한다

고객들이 나를
떠나는 그 순간
나의 쉼 호흡은
멎을 것이라고…

고객이 있는 한
나의 사전에는
은퇴란
없을 것이라는
삶의 혜안이다

소파

네가 있어 오늘도 피곤함 잠시 쉬게 한다
온 종일 왔다 갔다 바쁘게 움직여 온 고단한 몸

지천명을 넘어가며 마음은 아직도
청년이라 생각하지만
몸은 희끗 희끗한 흰머리에
왠지 모르게 근력이 예전과는 천지차이
자주자주 느껴진다

빈 소파보다는 사람이 앉아 있을 때가
그림이 더욱 좋아 보여 앉고 싶을 때가 있다

늙으신 어머니 아버지의
장성한 아들, 딸이 따뜻하고 포근해
호박에 따리 같이
꽃봉오리 받혀주는 꽃잎처럼
안정감을 선사해 주는 사랑의 선물이다

검정구두

어느 날 구두점에서
내게로 시집살이 온
새까만 구두 한 켤레

꼬부랑한 길을 걷고
황토밭 길을 달려갈 때도
고달픈 세상살이에
친구가 되고 한 식구 되어 준 너는

꼭 나와 함께 살아와
지천명 지나오는 그때까지도
힘들다 싫다는 단 한 마디 말도 없이

부실한 나를 한 평생 운반해온
남루해진 검정구두여

모든 것은 때가 있다

삶에서 큰돈도 제물도 예쁜 사랑도
인생살이 육칠십쯤 살고나면
저절로 보여
세상일
좋은 것도 나쁜 것도
꼭 많이 배워 아는가

한 세상 사는 것이 별 것도 아닌갑다
생각하기 나름인데
사는 방법도 제각각
이제는
새롭게 살아보자
인생의 후반, 2모작을

출근길에서

난 아직도 꿈을 꾸며 산다
나이 오십이 다되었는데
내 인생 못다 이룬 꿈과 희망

출근하는 아내의
해 맑은 두 눈에
나의 희망도
담아 보낸다

당신을 배웅하며 스치는 생각
백로같이 살고 싶은 이 마음
지금은 내려앉을 깔끔한 꽃자리가
보여지질 않아도

난 오늘도 희망의 끈 하나
두 손에 꼭 지고서
설레는 가슴을 안고
달려간다, 오늘도…

지천명 지나가는 길

두세 번, 사랑땜에 울고 일어났더니
내 눈에는 인생길이 가까이 들어오네

사랑하는 마음도 살아간다는 일도
시시 때때로 변하여 돌아간다는 걸

머리엔 새치가 나고 안질도 침침해 올 때
비로소 조금씩 보여 지는 인생길이네

세월이 일러주는 말, 세상의 가르침은
뉘앙스로 내게 일러 주고 있다는 예감이다

옛날 사진

사진 속에 백발의
울 할머니 세상살이 속에 생겨난

빗살무늬 보는 듯
촘촘히 주름진 얼굴

애잔히
살아왔던 그 세월 계급장은
할머니 이마 위 훈장

몸살

내 몸이 나에게
지금
하소연을 하고 있다
아이고, 아야

내 머리야!

후회

촉촉이 내려오는
장맛비의 적적함에
내게로 찾아왔던 첫사랑이여

떠나기 전에 내가 먼저
두 손을 내밀어
꼭 붙잡아야 했는데

그대 떠난 이 거리에
찬바람만이 불어오고
깊어만 가는 그리움에
온 거리를 찾아 헤매어도

그대의 먼 그림자
저 먹구름 속에 갇혀져 가네

저녁이 있는 삶

바빴던 하루 일과를 보내놓고
집으로 돌아온 불 꺼진 창가
저녁이 찾아와 하나둘씩 등불 밝히네

사람들은 어깨에 짊어진 무거운 짐 내려놓고
웃음꽃 활짝 피우는 행복한 밤
도란도란 이야기보따리를 풀어 놓는 즐거움

삶의 향기와 애잔한 미소가
온 집 안의 온기로 가득 채워가네

창작의 시간

오늘 밤도 스케치하듯
상쾌한 마음으로 그려 본다
명시 한 편, 독자의 큰 울림 한 번
전할 수 있는 상큼하고 청량한 시 한 편을…

좋은 시 써 보고 싶은 마음 간절해 오는 날
운율은 맞는지 구성은 잘 되었는지
시적인 묘사, 비유는 잘 되었는지

펜을 놓은 야밤이 되면
먹구름 낀 하늘 같은 걱정
걱정이 또 앞을 가리네

청마 문학관

통영의 남망산 자락
선생님의 생전 모습
머금은 생가 한 채
정갈하고 포근한 모습으로 앉아있다

통영 항 앞바다에는
날마다 바람 소리 일어나고
눈을 감으면 가슴속에서
쏴 밀려오는 바다 소리를 따라
내 두 손도 물결처럼 흔들린다

청마 생가에 빙 둘러앉은 문인들
옥색 빛 바다를 보며 큰 시인의 숨길에
고운 가슴 흔들리고
파도 같은 시 운율을 따라
흠뻑 젖어 휘날리며 몽롱해져간다

기행의 짧은 시간 아쉬운 마음 안고
긴장하듯 바라보는 산자락 언덕 가
고고한 청마의 시 정서 한 컷
이 가슴 속에 담아온다

5부

발걸음 마다

내가 한 번 사면은
한 달이 기분 좋고

당신도 한 번 사면은
또 한 달이 또 좋아져오고

긍정의 힘

두 명의 여행가가 깊은 산 속을
등산하는 길에 독수리가 다람쥐 한 마리를
번개처럼 낚아채는 모습을 본다

바라보던 등산인이 혀를 차며
쯧 쯧, 오늘 저 다람쥐 초상 날이구먼

그러자 다른 등산인이 웃으면서
하하, 독수리네 잔칫날 아닌가
긍정적인 생활태도가 중요한 줄 알지만
실천하는 건 쉽지가 않는 현실이다

천 년의 어둠도 초 한 자루면 보름달이 되고
제 아무리 어려운 상황도 1%의
긍정적인 지혜이면 충분한 해결의 삶이다

세상의 모든 일을 바라다 볼 때
이번에는 분명 좋은 일이 꼭 있을 거야

긍정적 안목을 찾고 갖는다면
우리네 인생은 더욱 지혜롭게
아름다워지는 세상이다

신호등

신호등 오늘도 미끄러져 가네
차도 사람도 쉴 새 없이
오고 가는 신호등

왔다갔다 깜박이는
횡단보도 너무도 분주하네

회사가고 집에 가는 길
빨리 가야 삼분, 오분 차이

길바닥도 반들반들
뜨거운 가슴이 되네

돌싱 아줌마

두 여자는 사는 모습이 서로가 닮아져 살며
세상의 파도를 함께 헤치며 고달픈 나날 앞에
인생의 큰 산도 함께 손을 잡고 넘어가는 동료이다

한 동네의 두 과부는 때로는 친구 같고
남편 같은 역할도 서로에게 해 주면서
사이좋게 잘 지내는 사이다

목소리에 성격도 닮아 있어
개성도 강하고 모습도 직업도 엇비슷해
날마다 길거리에서 함께 만나 술 마시며
서로가 서로에게 마음 기대고
위로하고 의지하는 과부로 사는 이웃사촌이다

내일을 바라보는 꿈을 키워가며
궁핍한 서민의 살림살이 조금은 나아질까

염원하는 그 눈빛도 마음도
하나같이 닮아져 살아가는
영원한 평생의 동지 인연이다

네비게이션

내가 가야할 길을
잘도 안내해 주는 네비게이션

좌회전 우회전을
제 때 제 때에 이리 가고 저리로 가야 하는 길
잘도 알려주는 너는 내 인생의 동반자

비가 오는 골목 길
눈이 오는 차길 도
마다하지 않고 목마르게 찾아가는 길
차질 없이 동행해 주는 가이드다

삶에 지쳐 힘들어 할 때
주저앉은 나를 멘트하며 따스하게 안내해 주는

네비게이션은 항상 가까이 수행해주는
내 사랑의 전문비서이다

한숨 소리

이 사람도 저 사람도
자신도 모르게 아휴 하고 한숨이다

왜 이렇게 서민들에게는
앞이 캄캄 안 보이는지

누가 누구를 원망하기 이전에
본인 스스로가 잘 대응해 가야겠지만

강물도 캉캉 언
한 겨울 추운 날씨 앞에서…

밥과 술

내가 한 번 사면은
한 달이 기분 좋고

당신도 한 번 사면은
또 한 달이 또 좋아져오고

그대가 한 번 사면은
모두가 또 행복해지는
이 밤이 지금 찾아오네

마산역 광장

바람처럼 구름처럼 스쳐갈 사람인 줄 느끼면서
정을 주고 정에 우는 사나이가 여기에 사네

짙은 향수 속에 감추었던 그 여성의 미소가 그리워서
가을비에 부슬부슬 찾아가는 마산역
플랫폼을 적셔 내리네

강물처럼 흘러갈 여성인줄 느끼면서
사랑주고 울고 있는 남자가 있네

비워가는 술잔 속에 감추었던 사연 때문에
그 행복을 잊지 못해 다시 찾아온 마산역
궂은 날씨 부슬비만 내 마음 맞아주네

자모상

밤마다 꿈속에서 손수건 하나로
닦고 또 닦아보는 밤
허전한 가슴 깊은 속에서
찾고 있는 얼굴 하나

눈을 뜨며 애타게 찾아 헤매는데
그리운 모습 대신 머릿속 생각
말갛게 비워져 버리네

여태껏 찾지도 못한 다이아몬드보다
더 귀한 보석 같은 그 모습

고물상

오래 된 물건이 고장이 나면 고물인 갑다
가전제품 고장 났을 때
철제제품 고장 났을 때
가구제품 고장 났을 때
오래된 헌책을 버렸을 때

집에서 길 밖에 내어 놓으면
곧바로 고물상으로 이사를 떠나야 하는
처량한 신세로 변한다, 곧바로

고물도 어떠한 시각으로
바라보는가에 따라
재활용도 충분히 가능해

사용도 충분히 가능한 사회 물건들
아나바다 운동
네트워크가 아름다운 손짓을 하는
21세기 정보화 세상이여!

통일마라톤 달리며
―창원공설운동장

나이쉰다섯에 난생처음 십 키로 미터
멀고 긴 거리를 달려간다

지난 달 시월에 제대한 막내아들과
함께한 약속을 지키기 위해
나 자신과 속 깊게 한
약속을 지키기 위한 마음이다

들숨 날숨에 헐떡거리며
눈이 시리게 파란 호수 같은
하늘아래 병풍처진 오색의 단풍도
가끔씩 감상하며 발바닥에 불이 나도록
용을 쓰며 전력으로 달린다

혹시나 도중하차를 하면 안 되는데
집사람이 독사눈으로 째려보고
하늘도 지켜보는데 싫어서 포기란 없다

뛰고 달리고 달려가는 길
또 다른 나와의 싸움이다
여기서 이겨야 작은 쾌감과
희열도 뒤따를 것 같은 이 기분

오십 중반이 되도록 내가 받아왔던
마산시장상, 창원시장상, 경남도지사상 보다도
더 크게 의미 있는 통일마라톤
십 키로 미터 완주의 기념메달
이빨로 지긋이 깨물어보니
겨우사, 이제 실감이 조금씩 나는 느낌이여!

사는 동안

우리는 한 평생 살아가는 동안
울기도 하고 화초같이 웃으며
인생의 여행길을 걸어간다

소낙비가 오는 진흙탕 길을
다 지나갔나 싶으면
또다시 눈비가 펑펑 오는
한 겨울을 다시 만난다

피곤에 젖고 젖어
잠시 잠깐 앉아 쉬고 싶어도
거대한 세상의 수레바퀴는
허탈한 가슴 무거운 발자국에도
나를 밀고 떠밀어
어디론가 자꾸만 앞으로 가게 한다

인생의 수많은 톱니바퀴 속에
맞물려 돌아가는 세상살이
인생의 윤활유 한 방울은
절실히 필요한 생명수이다

갈 때까지 걸어가는 인생살이
우리는 축복의 꽃길을 만나
손잡고 걸어가고만 싶다

대중목욕탕

때 미는 기계 앞에 칠십대 할아버지
갑자기 호보 법 민망한 자세를 하더니만
거기서 엉덩이를 밀어 올려
돌아가는 기계에
잘도 씻으신다

몇 년 전까지만 해도 38도 온탕도
몸이 뜨거워 들어가지 못했는데

육십이 넘어가니 40도 열탕에도
몇 달 사이 내 몸은 잘도 들어가는 인체
고새 잘 적응해 내는 나의 삶이네…

아침 불공

고요한 산 속을
낭랑한 목탁소리 하나로
산사를 일깨우는 이슬 묻은 이른 시간

첫 새벽에 일어나 잡다한 마음
정갈하게 바로잡고
삶의 숙제 하나 풀고 갈 생각에

두 손을 모으고
마음을 가다듬어
가쁜 숨을 누르며 오르는 길가

산사 가까이에 두 눈을 감고 선
산 노루 한 마리가
자기도 정갈한 마음으로
기도라도 하는 듯이

산사의 법당을 향해
엄숙한 자세로 서있다
두 귀를 쫑긋 한 채로…

계단을 넘어

하루를 시작하는 서민들
아침부터 우르르 계단을 오른다

길가의 가로수 겨울의
차가운 바람에 부들부들 떨고
거리를 지나는 사람들
얼음 같은 손은 저절로
호주머니를 찾아들어간다

겨울바람 속에도 일벌이 위해
흰머리에 허름한 손수레를 끌고 나와
폐지를 줍는 할머니의 나약한 무릎
안쓰럽게 바들바들 걸어가고

안전모에 야광조끼 입으신 미화원 아저씨
얼굴엔 땀이 송골송골 맺히며
거리의 하루를 쓸며 단장하듯 미화한다

거리를 걷다가 육교 위에 올라서면
불어오는 옥색 빛 바람
복잡한 도시생활에도
답답한 가슴 속 뻥, 뚫어준다

한 발 두 발 힘겹게 오르는 계단처럼
우리네 삶들도 나이가 들어가면서
차츰 차츰 행복의 온도가 올라
서민들, 굳어진 얼굴에도
미소가 퍼져가는 그 날은 언제쯤에
우리 곁으로 찾아올까

마라톤 대회를 찾아

춘천은
낯선 도시이다

호반의 연분홍 단풍은 곱디 고와
내 인생이 머물고픈 풍경이다

거친 숨소리에
힘들게 달리는 뜀박질
두 세 번의 극한 고비 지나면
나도 몰래 끈기와 투사기질이 생겨난다

대회가 끝이 나면
피곤한 온몸에 파스 냄새가
코끝을 자극하는데 완주의 메달을
받아보는 순간, 왈칵 눈물이
흐르는 희열 속에서도

눈은 자꾸만 웃고 있는데
입은 웃는 선수의 기이한 모습이다

지리산 뱀사골

어디선가 오란다
나를 부른다
마음만 오란다

모든 것 다 내려놓고 빈손에 하심 하듯

오묘하게 펼쳐진 대자연의 풍광
그 넓단 한 품으로
두 팔 벌려 손짓하는
민족의 명산

지리산 골짜기
기암궤석들 기묘한 계곡
여기가 무릉도원
힐링하는 명산이여!

발 문

"시를 통하여 영원한 생명을 파악하라."

수주(樹州) 선생의 이 말씀 앞에 앉으면 긴장이 몰려와 내 자신을 돌아보기가 조심스럽고 무섭다.

그러나 얼음 위로 박 굴리듯 살아갈 수 있는 세상이 어디 그리 쉽겠는가. 시를 쓰는 사람은 여우의 갓을 쓰기를 바라지 않는다. 차라리 여우의 꼬리를 가지는 편에 더 가까우리라. 양반전에서 한 구절 꾸어왔다. 돈보다는 독자 편에 서기를 원한다는 필자의 군소리다.

그것은 한 사람 자연인으로서 허상회나, 한 사람 시인으로서의 허상회에 대한 부언은 오로지 시인 허상회가 올곧게 자리매김하고 정좌한 사람이면서 떳떳한 시인임을 강조하는 말뜻이다. 뭐니 뭐니 해도 시보다는 사람이 앞자리라는 필자의 평소 주장도 무론(毋論) 이 말의 틀 안에 담겨있음의 말이기도 하다.

이번에 두 번째 작품집으로 낼 시 100여 편을 거듭 읽으면서 떠올린 필자의 생각이기에 참고 삼아 말부림을 위한 앞자리에 놓으면서 허상회 시인과 시를 이해하는데 아주 작은 일조라도 되었으면 하는 바람 간절하다.

허상회 시인과 필자와의 인연은 꽤 길다. 그러나 그 긴 세월

동안 허 시인을 보아오면서 한 사람 자연인으로의 허상회와 한 사람 시인으로서의 허상회에 대해 의아(疑訝)해 본 적이 없다.

그런 허 시인이 시집의 발문을 부탁한다는 쪽지와 함께 원고를 가져왔다. 원고를 받고 좀은 놀라고 한편으론 반가워 축원의 박수로 속마음을 다졌다. 무더운 여름에 필자의 건강을 생각하여 해설을 피한 듯도 하여 고마운 마음이 아쉬움을 이겼다. 마지막 정리된 73편의 작품을 정독하면서 필자가 맛본 감동 몇 쪽만 내놓을 참이다.

시인을 들어 '저주 받은 존재'라고 한 보들레르는 훌륭한 시인이다. 시인은 세계의 표상만 보고 말의 껍질만 사탕물 핥듯 하는 사람이 아니라는 그의 의중을 우리는 가슴으로 벌써 읽어낸 사람들 아니겠는가. 문학예술은 작가의 상처를 어루만지며 치유하는 것. 시인 또한 가면을 쓰고 춤추는 존재가 아닌, 민낯으로 울음 웃는 존재가 또 아니겠는가. 시인에겐 추구해도 추구해도 이루지 못하는 그만의 이상세계가 있다. 그러나 시인은 그 끝없는 이상세계를 바라보며 추구를 계속 반복하는 아둔할 만한(?)존재다. 그것이 시인의 삶이며, 가치이며, 실존이라면 허 시인 역시 그 실존의 고리가 그의 작품에 걸려있다 하겠다. 그의 땀과 추구가 허상회라는 성실한 자연인을 시인의 반열에 올려 등림(登臨)이라는 가치를 부여하게 된 것이다.

한 시인이 제 아무리 투시력과 상상력이 뛰어나다 해도 자연에 대한 나름대로의 지극한 관심이나 그에 대한 깊은 애착이 없다면 시는 좀처럼 태어날 수 없다는 말에 필자는 동의를 보낸다. 그러면서 시각화 된 사고를 시라고 하는 표현본질의 줄기를 잡는다. 허 시인의 시를 해석함에 있어 표현본질을 넘어 심층구조인 정신본질에 내재한 내적자아를 중심으로 몇 편 들여다보자. 꽃과 자연, 그 사랑을 시에 담아 피워낸 꽃 같은 시인의 시심이 담긴 마음을 짚어보자는 생각이기에다.

시「호박꽃」은 꽃에서 읽어내는 어머니 얼굴을 보여주는 시다. 독자의 가슴을 적셔내는 시가 좋은 시 아니겠는가. 화려한 옷단장보다 보이지 않는 곳에 간직되어 마음 다스리는 사람의 정신을 시 정신으로 다독여 담아낸 시다. 그런가 하면 자연의 순리를 먼저 보아내는 눈이 밝은 시인이 가을에서 겨울을 넘겨보며 자연에의 찬미로 독자의 눈을 붙드는 시가 있다. 그러면서 '노을보다 뜨거운 단풍'에 취하게 하는 시가「어떤 억새꽃」이다. 한 소년이 숙제를 얻어 노년기에 와서 되돌아보는 시를 읽는다. 이 숙제가 무슨 숙제인가, 읽는 이에 따라 질과 양의 깊이와 농도는 달리 할 것이다. 사명자각(미래의 시인)을 예감하는 소년으로 읽히기를 필자는 바란다. 시「꽃자리」다. 시「개나리꽃」은 봄을 불러낸다. 시인은 자연, 그 중에도 꽃을 통해 세계를 보는 시인이다. 그의 시정신의 바탕에는 꽃같이 사는 인간세가 몸부림치고 간절하게 봄처럼 살기를 소망한다. 꽃 같은 인연을 노래하는 시에서는 '자연에 순응'하며 '꽃에게 물어' 보며 꽃같이 살라 한다. 사람다이 살라는 독자를 향한 지상명령

같아 옷깃을 여민다. 허 시인은 자연을 사랑한다. 자연을 사랑하는 사람치고 독하고 악한, 세칭 간교한 사람을 필자는 보지 못했다. 그러나 단순한 자연을 바라본 찬양가를 벗어나 자연과 더불면서 자연에서 배우기를 간구하는 시인임을 거듭 시적 형상화를 통해 확인시켜내는 시인이다. 시 「백일홍」에서 그렇게 말한다.

　자연 사랑을 통해 시의 생명을 지켜내라는 시를 대하게 된다. 사랑이 무엇인가, 사람의 주성분 아니겠는가. '사랑은 인간의 특징을 나타내는 가장 진솔한 이름'이라고 한 글을 읽은 적이 있다. 시 「복숭아 과수원」은 감춰오다가 드디어 찍어내는 연정 한 점, 이 한 점이 한 젊음을 모두어 담아낸다. '애틋한 사연' 담은 편지 한 통에 여태도 뛰는 가슴의 젊은 시 정신에 볕살 좋은 시대를 기대하게 된다. 시 「쪽바른 인생」에서 필자는 지천명의 연치에 이른 한 시인의 바른 인생관이 여과 없이 진술됨에 감사한다. 감사하면서 가위 시인의 솔직 담백한 사람의 가치관을 아울러 감춰 하는 기쁨까지 맛본다. '쪽바른' 인생철학 위에 자리 잡고 있는 그의 시관과 아울러. 「조약돌」은 한 생을, 그것도 시련의 산을 타고 내려와 드디어 자리 잡은 조약돌에 겨눈 시편을 읽는다. 살을 깎고 뼈를 자르는 우리네 삶에 비긴 시편이다. 그러면서 사랑의 끈을 놓지 않는 시인의 인생 역정이 애처롭도록 정겹다. 읽는 재미를 맛본다. 「산 속을 걸어가며」는 허상회 시인의 가슴 속에서 한 치, 반 치도 떠나지 않은 어머니의 짙은 사랑에 독자를 말려들어 드디어는 빠지게 한다. 어머니가 시인의 가슴 깊이 여태도 자리 잡고 있다는 증좌다. 그 사랑의 축이 허상회라는 한 사람(시인이건 자연인이건)을 사람이게 지탱해주고 있다. 받침대이며 끌어주는 밧줄 같은 튼튼한 끈이다. 한두 편에 국한 되는 것은 아니라는 전제하에서, 허상회 시인의 시편 어디서나 고향을 안고 가고, 안고 삶을 쉬 볼 수 있다. 고향 속에 영원을 살아가는 시인(사람)이 어디 한두 사람이겠냐 만 「대봉감 홍시」에는 허 시인의 고향에 대한 그리움, 고향색이 유난 짙고 향 맑은 고향의 몸 내음이 깊이 배어있다. 고향에서의 추억을 쉽게 잊지 못하는 그의 정서의 바탕을 넘짚을 수 있다. 시적 감성의 문제이리라. 「연애편지」에선 젊음은 역시 사랑의 계절임을 읽는다. 사람의 주성분은 아무래도 사랑임을 확인한다. 허 시인의 가슴 속엔 아직도 풋풋한 사랑이 봄처럼 너울거리며 봄풀처럼 출렁거리는 만년 청춘인 시인을 마주할 수 있고 밝은 미래를 넘볼 수 있어 기쁘다. 그런가 하면 시 「눈빛 사랑」은 사랑의 힘, 이 힘을 받아 우리는 인생을 꾸려간다는 결론 끝에 미래의 빛은 피어나는 것. 자연과의 교감과 사람과의 사랑 그 합일에서 시인은 미래의 꿈을 꾸는 존재라는 눈짓을 주고 있다. 우리가 무심하다고 예사롭게 보아 넘기는 자연에서 그 바탕은 역시 사랑이라는 언질을 주는 시편이다.

우리는 과연 하늘의 뜻을 읽으면서 사는가. 읽는다면 얼마나 읽는가. 아니다, 사람은 하늘의 뜻을 모르고 살거나 생각하지 않고 산다. 모두가 잘 사는 것으로 착각하면서 순리와 진리를 독차지 한 듯이 살아가는 역리의 존재는 아닌가. 우리들 어리석은 사람들의 모둠살이의 실체가 그것 아닌가. 시인의 시선은 이제 우주에로 다가간다. 달을 통해 우주 밖의 꿈에 든다. 꽃에서 사람살이로 그리고 우주를 향해 발돋움 하며 꿈에로 든다. 그렇게 시인의 시상은 자유자재 확장된다. 상상력의 진폭은 가위 우주 밖에 다가간다. —보름달— 하늘을 두려워하라고 시인은 힘주어 말한다. 하늘을 두려워하라는 말은 곧 자신을 돌아보라는 뜻, 자신을 돌아보라는 말은 곧 바르게 살라는 뜻 아니겠는가. 우리가 살고 누리는 것들이 과연 하늘 앞에서 떳떳하고 내 자신은 그래, 자유로울 수 있는가. 거듭 거듭 물어볼 일이다. 시인은 무심한 듯한 하늘을 두려워하라고 시로 말한다. '투덜대'지 말라고, '천둥번개'의 심판을 받는다고. 하늘의 말을 들으라고. 그리고 '하늘마음으로 살라'고 힘준다. 허상회 시인의 인간 바탕을 읽는 기분이다. 그러면서 시인이기 이전의 참 사람을 알게 된 기쁨과 그런 사람과 더부는 나를 행복한 사람이라는 생각을 거듭 확인한다. 기쁘다. —하늘마을—

시를 간절하게 생각하는 한 시인을 만난다. 간절한 시정신의 욕구충족을 위해 아픈 밤을 지새는 시인을. 꿈에서도 시를 생각하며 시를 쓰는 시인 앞에 필자는 그 꿈의 성취가 멀지 않다고 말해둔다. 꿈에 시를 생각하고 시를 쓰는 열정의 세계에 발을 들여놓은 사람이면 그 다음 단계가 성취와 환희라고 거듭 말한다. −창작의 시간− 어머니를 그리워하는 시를 자주 만난다. 어머니라는 말을 이길 수 있는 말은 인간 세에는 없다. 불러도, 불러도 자꾸 부르고 싶은 말, 들어도, 들어도 자꾸 듣고 싶은 말 어머니! 허 시인이라고 예외일 수가 있겠는가. 꿈에 손수건으로 밤을 닦아 어머니를 만난다? 이 시적 변용, 창조적 오용은 필자가 평소 가졌던 표현미학에 마음을 좀 기울였으면 했던 아쉬움까지 닦아내었다. 꿈에 시를 생각한 시인이 누리는 특권이 이 아니겠는가. 아들의 이 시 한편을 읽으신 어머니는 하늘나라에서 또 얼마나 기뻐하실까. 필자가 이리도 기쁜데. 허 시인은 이제 머릿속을 비우지 않아도 되겠다고 부연을 단다. 보석을 찾아 손에 쥘 시간이 다가왔음을 시인 자신은 잘 모르리라. 자신은 원래 잘 안 보이는 법. 천상의 어머니가 그냥 무심하실 수 없을 터니, 더구나. −자모상−

　　허 시인의 강인한 의지와 젊은 호기심을 여러 편에서 읽을 수 있다. 멈추거나 되돌아가는 일이 없는 사람이다. 굳은 의지의 소유자임을 거듭 확인시키는 작품을 한 편 더 보자. '소낙비 진흙탕길'에서도 갈 때까지 가는 시인, 그것도 앓으면서가 아닌 '축복'이라는 긍정으로 '손잡고' 가야한다고 말한다. 이 긍정적 사고와 시정신은 필시 허상회라는 시인에게 더 큰 세계에의 성취로 보답할 것을 믿는다. 그럴 수밖에 없기 때문이다. −사는 동안−

　　보람찬 삶에의 희구를 끝까지 놓지 않는 의지의 시 한 편 더

보자. 이 같은 일련의 의지시가 허상회라는 자연인을 시인의 반열에 올려놓은 힘의 원천일 터다. 그에게 주어진 문단, 그 등림의 바탕력이 아니겠는가. -계단을 넘어-

허 시인의 작품을 읽으면서 그의 시에 잔잔하게 깔려있는 저항의식을 통해 오늘날 우리사회의 상황의식에 대해 생각을 해보았다. 아니, 떠올랐다.

현대시를 일컫는 그 많은 이론들을 어찌 다 들 수야, 그 중 하나가 시인의 상상력을 통한 형상화, 창조적 오용이 아니겠는가. 끝으로 시인의 시 「가을 편지」 한 편만 더 읽자.

우수에 젖어 시달리는
나뭇가지 끝에
매달리는 하루의 품삯
그 공복의 무게는 노을이
태워 올리는 연서다

떠 있는 하늘 밖의
그리움
아무도 막을 수가 없어
누구도 붙들어둘 수 없었다

어스름 바람 타고 훌쩍
떠나버리는 저녁 답
무겁게 깔리는

허공

어느 꽃잎에 물든
가을 구름 한 장

　시적 표현이 살아나야 비로소 시의 내용이 활기를 띤다는 말
을 기억한다. '우수에 젖'는 나뭇가지는 가을 정취를, '하루의
품삯'은 '공복의 무게'를 당할 수가 없다고 시인은 말한다. 제아
무리 결실의 가을이라도 사랑의 공복은 채울 수가 없는 법. 끝
내는 노을이 태워 올리는 사랑의 연서로 변하면서 시를 만들어
낸다. 그 연서 구름한 장을 시인은 망연하게 바라보며 그리움
을 달랜다. 시적 대상(사물)을 물상의 입장에서 그려내는 묘사
법을 우리는 변형묘사라 하며 현대시에서 높이 산다는 것을 허
상회 시인은 알고 있다. 이는 결국 시의 아름다움을 체험하면
서 중심에 강한 울림을 주는 것, 현대 서정시의 표현미학이 이
런 것이 아니겠는가. 가을은 통념으로 바라보면 결실, 알이 꽉
차야할 터나, 시인은 절묘한 비유 변용을 동원, 시적 형상화를
거치면서 한 편의 아름답고 격조 높은 시를 빚어놓았다.

　누가 가을을 선비의 계절이라 했던가, 춘녀사 추사비(春女思 秋
士悲) 봄 여인은 사모(사랑을 떠올리고)하고 가을 선비는 슬프다.
　허상회 시인의 가을 편지 한 장, '꽃잎에 물든 / 가을 구름 한
장'

시집 『천국보다 문향』을 펴내심을 축하하며 가없는 문운을 마음 모아 빕니다.

2020 초여름 문턱에서
홍진기 시인

천국보다 문향

허상회 지음

발 행 처 · 도서출판 청어
발 행 인 · 이영철
영   업 · 이동호
홍   보 · 천성래
기   획 · 남기환
편   집 · 방세화
디 자 인 · 이수빈 | 김영은
제작이사 · 공병한
인   쇄 · 두리터

등   록 · 1999년 5월 3일
(제1999-000063호)

1판 1쇄 발행 · 2020년 8월 20일

주소 · 서울특별시 서초구 남부순환로 364길 8-15 동일빌딩 2층
대표전화 · 02-586-0477
팩시밀리 · 0303-0942-0478

홈페이지 · www.chungeobook.com
E-mail · ppi20@hanmail.net
ISBN · 979-11-5860-873-6(03810)

이 도서의 국립중앙도서관 출판시도서목록(CIP)은 서지정보유통지원시스템 홈페이지
(http://seoji.nl.go.kr)와 국가자료공동목록시스템(http://www.nl.go.kr/kolisnet)
에서 이용하실 수 있습니다.(CIP제어번호: CIP2020031475)